문학과지성 시인선 507

옆 발자국

조은 시집

문학과지성사

문학과지성사에서 펴낸 조은의 시집

무덤을 맴도는 이유(1996)
따뜻한 흙(2003)
생의 빛살(2010)

문학과지성 시인선 507
옆 발자국

초판 1쇄 발행 2018년 3월 30일
초판 3쇄 발행 2020년 2월 5일

지 은 이 조은
펴 낸 이 이광호
펴 낸 곳 ㈜문학과지성사
등록번호 제1993-000098호
주   소 04034 서울 마포구 잔다리로7길 18(서교동 377-20)
전   화 02)338-7224
팩   스 02)323-4180(편집) 02)338-7221(영업)
전자우편 moonji@moonji.com
홈페이지 www.moonji.com

© 조은, 2018. Printed in Seoul, Korea

ISBN 978-89-320-3088-3 03810

이 도서의 국립중앙도서관 출판예정도서목록(CIP)은 서지정보유통지원시스템 홈페이지
(http://seoji.nl.go.kr)와 국가자료공동목록시스템(http://www.nl.go.kr/kolisnet)에서
이용하실 수 있습니다. (CIP제어번호: CIP2018009066)

문학과지성 시인선 507

옆 발자국

조은

시인의 말

정신적 경제적 남루함에서
힘을 받던 젊은 시절을 거쳐
그것들이 발목을 잡는 시간들을 지나왔다.
아직도 물살이 만만치 않은
내 앞의 강에다
또 하나의 디딤돌을 놓는다.

2018년 봄
조은

옆 발자국

차례

시인의 말

해설

발자국

영혼을 외면했던
오늘 내 발자국이
불에 달군 쇳덩이처럼
위험해 보인다

봄날의 눈사람

아주 행복해 보이는 여자가
나를 스쳐 지나갔다
걱정 하나 없는 얼굴
꿈꾸는 눈빛으로
잠든 아기를 품에 안고

여자는 턱을 조금 들고
태양을 안고
천천히 걸었다
우아하고 젊었다

만일 내가 아기를 품에 안았다면
한숨 쉬었을 것이다
아기의 미래를
바구니처럼 끌어당겨 보며
시름에 발걸음이 무거웠을 것이다
손가락 발가락을 꼼지락거리지 않는
꽃다발을 품에 안고도
막막한 슬픔을 느끼곤 했으니

실마리가 없는 걱정거리를 안고
사직동 언덕길을 오르는
내 앞에서 여자는
어제도 그런 모습으로 걷고 있었다

내겐 한순간도 없었던
꿈을 꾸는 여자가
봄날의 눈사람처럼 빛났다

쿵

빌라 앞 벤치에 누워
죽은 듯 자고 있는 남자
뜨거운 태양이 머리부터
먹어대고 있는데도
맨발을 드러내고

옆에는 낡은 트럭이
늙은 산양처럼 멈춰 있다
그걸 몰고 왔을 그는 반듯이 누웠다
고독이 그의 거친 발끝에서
응고되고 있다

코를 골지도
가슴이 부풀지도 않는
잠을 자는 그에게로
바람이 검은 비닐봉지를 끌고 와
만장처럼 흔든다

바짝 붙여 컨버터블을 주차한 여자

남자를 훑어 내린 매의 눈빛으로
경찰을 부른다
삶도 죽음도 명확히 안다는
말투와 표정으로

느끼든, 못 느끼든

오랜만에 만난 소꿉친구가
하룻밤 자고 갔다
어디에 속하든 지능이 가장 높았던
나의 열등감을 여러 번 자극했던
친구는 내게 시집 한 권을 선물했다

내가 받아 든 시집은
한 성직자의 베스트셀러
그동안 쓴 수많은 시 때문에
그분은 내게
언제나 밋밋했다

부르르 떨다 내리는 주먹
불길한 월식과 일식
비틀비틀 가는 발자국
붉은 손자국이 있는 뺨

그런 것들에 눈길이 가는 나는
삶을 예찬하는 그분의

시에 늘 시들했다

외롭고 외롭다
그걸 느끼는 내 삶도
다르게 느끼는 친구의 삶도

어둠의 질감

한밤에 일어나
유언의 문구를 고르듯
그릇을 집어
차곡차곡 쌓는다

한 방울 한 방울
물의 슬픔이 손에 닿는다
한 방울 한 방울
피의 고뇌를 물이 느낀다
슬픔과 고뇌를 아는 물방울들이
손끝을 찌른다

물방울이 뚝뚝 떨어지는
그릇을 든 머릿속이
폐가의 문짝처럼 덜컹거린다

바르르 떠는 물의 눈꺼풀이
튀어 가는 허공이
푸릇푸릇 솟았다 꺼지고

떨리는 손끝을 잡고 있는 허공이
불긋불긋 부풀어 오른다

곳곳에서 휘도는
깊이가 다른
물의
소용돌이

어떤 만남, 어떤 이별

이름만 알던 사람이 세상을 떠났다
병원 입구에서 우연히 마주친
그의 친척을 따라 빈소에 갔다
향을 사르고 절을 했다

사진으로 처음 보는
고인은 젊고 따스해 보였다
재주는 많으나
운이 따르지 않는다는 그의 가족
눈에 실핏줄이 솟아 있었다

내 어머니의 빈소에도
본 적 없는 사람들이 왔다
들고 온 꽃바구니를
바닥에 놓기도 전에 구슬프게 울었다
양복 차림의 남자도 어깨를 들썩였다

그가 너무도 슬퍼 보여서
상가를 잘못 찾은 거라고

빨리 그들을 돌려보내야 한다고
우리는 눈길을 주고받았다

죽은 자의 고독을 잘 알았던
그들은 어머니의 병원 친구였다
늘 푸르렀던 어머니의 잎 잎을
자식들이 하나하나 따냈다는 것을
그들은 알고 있는 듯했다

눈물

어머니는
아버지와 나눠 가져야 할
사랑을 독점했다

어머니는 제때 울었고
눈물을 숨길 줄도 알았다

아버지는
목청을 높였다

날마다 병원을 오가는 삶도
어머니는 사랑했다
어머니를 극진히 돌보던 아버지는
병원에서는 절대 죽지 않겠다고
큰소리쳤다

어머니의 장례가 끝난 뒤
아버지가 말했다
내가 먼저 죽어야 했는데

너희들한테 미안하구나

3년 뒤에도 말했다
아내가 죽은 뒤 3년을 산 남자는
오래 산다는데
큰일 났구나

어머니가 평생 하찮게 여겼던 것만을
독차지했던 아버지는
부축 한 번 받지 않고
무덤까지 갔다

얼룩

아침에도
저녁에도
앰뷸런스가 나타났다

이동식 침대가 펴지고
자주 보던 사람이 실려 나온다
사흘 전 그는
내가 내민 봉투 속에서
팥빵 하나를 집어 들었다
일주일 전에는
하루가 다르게 짧아지는 해를
실눈으로 바라보고 있었다

아버지…… 생각난다
그는 늘 1초의 연명도
하지 않겠다 말했다
갑작스런 죽음이 닥쳤을 때
침대에서 내려 바닥에 홑이불을 깔고
반듯이 누워 숨을 거두었다

옆에 있는 자식을 부르지도 않았다

어떻게 죽을 것인가에 대한 생각
너무도 많았던
아버지는 뜻을 이루었다
침대에 작은 얼룩 하나 남기지 않고
깔끔하게 떠나갔다

산소호흡도 인공 심폐도
없었던 머리맡엔
읽다 만 곳이 접힌 책과
알람 시계, 펜, 메모지
누군가에게 주려고 했던
돈이 담긴 봉투

아버지로 인해 전화벨 소리가
무서운 날이 올 줄 알았다
허둥대며 병원으로 달려가고
유사 죽음의 순간도 겪을 줄 알았다

아버지가 떠난 지 한 달
앰뷸런스가 빠져나간 골목
하늘이 삶의 얼룩을 들춘다

밝아올 때까지

어둠엔 삐죽삐죽한 가시가 돋아 있다
돌아누워도 돌아누워도 찔리고 긁힌다
귀에선 몇 시간째
아픈 친구들의 말이 재깍거린다
격언 같은 그들의 말은
언젠가 나도 입 밖으로 불쑥
내뱉으며 놀랐던 말이다
유서를 쓸 마음도 시간도
없다고 느낄 때였다
형체를 자꾸 바꾸는 그림자가
안을 들여다보고 있는 창에서는
검은 불빛이 쏟아져 들어오고
끌어당겼다 걷어찼다 하는 이불 속이
진창길 같다

나는
빛의 심지 같은 몸을
힘겹게 일으킨다

흐린 날의 귀가

친구가 내 집에다
어둠을 벗어 두고 갔다
점등된 등불처럼
왔던 곳으로 되돌아갔다
어둠이 따라붙지 못한 몸이
가뿐히 언덕을 넘어갔다

사는 게 지옥이었다던
그녀의 어둠이 내 눈앞에서
뒤척인다 몸을 일으킨다
긴 팔을 활짝 편다
어둠이 두 팔로 나를 안는다
나는 몸에 닿는 어둠의
갈비뼈를 느낀다
어둠의 심장은 늑골 아래에서
내 몸이 오그라들도록
힘차게 뛴다

나는 어둠과 자웅동체처럼 붙어

어딘가를 걷는 친구의
발소리를 듣는다

경쾌하던 그녀의 발걸음이 느려지고
표정이 바뀐다
나도 한 숨 한 숨 힘겹고
눈앞이 흐려진다

발자국 옆 발자국

눈 내린 골목
고양이 발자국들

꽃잎 같은 발자국은
차 밑으로 빈집 대문 아래로 공터로
어둠 속으로 사라진다

선명한 발자국을 따라가자
누가 막 놓고 간 물그릇에서
털장갑 같은 김이 오른다
작은 플라스틱 그릇엔
하트 별 보름달 모양의 사료

거기서 작은 발자국은
맞은편에서 온 사람의 발자국과 만난다
둘은 나란히 간다

잃어버린 고양이를 찾아다니던
저 사람을 여러 번 본 적 있다

지난 혹한의 날씨에
굶주린 어미가 새끼를 입에 물고
목숨을 걸고
그의 집으로 들어왔다고 했다

적운

여자가 뛰쳐나오자 대문이 어금니를 물었다
밖에서는 이제 문을 열지 못한다

밖에서는 이제 문을 열지 못한다
닫힌 문을 돌아보는 여자의 머리에서
헝클어진 바람이 뛰어다닌다
부스스한 머리카락이 격분한 혀처럼 꼬이는
여자의 그림자를 청색 분뇨차가
뭉개며 달려간다

여자는 제 그림자 한복판에다 가래침을 뱉는다
오토바이와 자전거 바퀴에
끌려 올라가던 그림자가
두 걸음도 못 가 맥을 놓는다
가슴팍을 들썩이며 바라보던 문에서
시선을 거둔 여자가 눈을 감는다
눈꺼풀이 떨린다 콧날이 꿈틀댄다

여자가 뛰쳐나온 대문 안에서는

문이 열리고 닫히는 소리
슬리퍼 가볍게 끌리는 소리
수돗물 시원하게 쏟아지는 소리
실금 하나 없는
평화의 소리가 들린다

올 때와 갈 때

초인종 소리에 여러 번 놀란 뒤
전선을 잘라버렸다

사람들은 이제 나를 부르거나
대문을 두드린다
무작정 찾아온 사람도
나를 부르거나
대문을 두드린다
그러기 전에
무거운 정적을 흘리며
뜸을 들이기도 한다

대문 밖 사람의
음습한 기운이
마당에 선 내게 닿기도 한다
그럴 때면 대문이
얇은 입술처럼 떨린다

기척만 듣고도

알 것 같은 그의 내면
그 일방통행에 죄책감을 느끼며
나는 꼼짝 않고 서서
그가 돌아가기를 기다린다

그가 돌아갈 때는
도둑질한 사람처럼
심장이 뛴다

나란히

엄마와 딸이 손을 잡고 걸어간다
빗방울이 후드득 떨어지는 길
치자꽃 향기 바늘로 선다

딸의 곧은 다리가 젖어 있다
긴 목선이 밤새
누군가의 욕정을 휘저었던 것일까
타국에서 잠 못 드는 새벽
호텔 밖으로 나온 나는
젊은 육체의 관능을 느낀다

벌은 꿀을 향해 날고
관능은 낙석 같은 길을 낸다
관능도 꿀도 오래 붙잡지 못할
어린 딸은 대차 보이고 뾰족하고
엄마는 바늘귀처럼 어둡다

움찔하던 엄마의 눈이
눈앞의 것을 움켜쥔다 미끄러지며

딸을 바짝 당긴다
딸의 눈빛이 어둠을 관통한다

날이 선 손을 잡고
둘은 좁은 길로 들어선다
길을 꺾을 때
대충 동여맨 딸의 머리카락이
밝아오는 하늘을 찌른다

능력

진실을 말하지 않자
관계가 편해졌다

캐내려고 하지 않으면
진실은 사철나무
잎들처럼 풋풋하다

나는 진화하는 중

애매해진다
빙긋 웃기만 한다
하품을 참느라
눈에 맺힌 눈물로
당신의 문을
열 수도 있다!

변죽을 맞고
때리는 쾌락

죽은 자들과도
말을 틀 수 있다

겨울 아침

발등을 덮는 눈 아래
얼어붙은 작은 발자국들
수북한 눈 위에
막 찍힌 발자국들

인간도 짐승도 싫어하는 자의
얼음 같은 눈빛도
녹일
발자국, 발자국 들

잔돈을 세어
수도 요금 전기 요금 가스 요금이 빠져나가는
은행 잔고를 채우러 가는 아침
혼자 눈길을 걸어간
고양이의 길을 본다

나도 늘 혼자이다
누군가는 그것이 나의
약점이라고 말한다

약점은 때로 장점이어서
슬픔이나 막막함을
다른 이가
같이 겪지 않아도 된다는 사실이
위안이 되기도 한다

발목까지 빠지는 눈길을 되돌아가
허기졌을 배가 눈 위로 끌린
새끼고양이의 길을 발로 다져준다

물길

노인이 아이를 안고
물가에 나와 섰다
둘은 일흔 살쯤 차이 나 보인다

노인 그림자
수면 위에 퍼져 있다
아이 그림자
물의 부력으로 떠 있다

아이가 상하 운동을 하며
노인의 옆구리를 찬다
다 열리지도 않는
노인의 입에서

몸에서
사막의
손끝이
움직인다

활짝 열린 아이 입속으로

플랑크톤 같은 햇빛이

몰려 들어간다

그날의 길

너의 발길을 잡았을 낙엽
꽃들의 떨림
꽃들의 절망이
망사처럼 속을 드러낸다

그 새벽 나도 깨어 있었다
커튼을 젖히고
거센 비에도 씻기지 않는 어둠을
넋 놓고 보고 있었다
어둠을 뭉치던 바람이
너의 치마 속에서
나무뿌리처럼 뻗었다

핏기 없는 몸을 병실에 눕혀두고
너는 그렇게 우리를 떠나갔다
나는 호흡이 가쁜 입을
손으로 막고
어둠 속에 계선주처럼 멈춘
너를 보았다

너보다 더 조용히 있는
순결한 사람들의
속을 나는 알 수 없었다

그날의 어둠이 되밀려 온다
기억을 되살린 불빛이
조각조각 튀고
검은 빗물이 흐느끼며
젖은 치마 속 같은
그날의 길을 간다

눈보라

아무 일 없었다는 듯
다시 그 자리로
돌아갈 수 있다

돌아가 다시
스며들 수 있다

그러나
발자국을 제자리로
되돌릴 수는 없다

벼랑 끝 길들
굴처럼 막혀 있다

무수한 발자국들이
등짝을 후려친다

한 시간 지나도록

가난한 동네에서 돈을 주웠다
꼬깃꼬깃한 삶이 느껴졌다

주워도 시원찮을 사람이 잃었을 돈이었다
지갑 하나 못 가졌을 사람의 돈이었다
주운 만큼 더해 돌려주고 싶은 돈이었다

무엇에 놀라 내던지고 갔을 돈이었다
그땐 종이쪽 같았을 돈이었다

차곡차곡 간추려 들고 서 있었다
문짝 없는 장롱에 기대서 있었다
골판지를 깔고 앉아 기다렸다

아무도 달려오지 않았다

자신만의 옷

그는 얻은 옷을 입는다
아내도 얻은 옷을 입는다

기하학 무늬 파격 디자인 이국정취
때로 상표도 떼지 않은 옷이
섞여 오기도 한다
새 옷에 집착할수록 그들은
음지처럼 눈에 띈다

집으로 돌아올 때마다 아들은
남의 집 대문 창살 사이로 손을 넣어
짧은 끈에 묶인 개를
자아처럼 쓰다듬는다

딸은 얻은 옷을 입고
면접을 보러 간다
얻은 옷을 입고 애인과
밤거리를 걷는다
남의 젖무덤이 있던 곳에 젖무덤을

남의 생식기가 있던 곳에 생식기를
밤낮없이 포갠

딿은 옷은 빌려 입고
선을 보러 간다
최신 유행 옷을 입은 그녀가
불쑥 찾아온 애인을 피해
얼굴을 가리며 지나갈 때
늦은 밤 골목에서 들숨과 날숨을 나누던
그는 알아보지 못한다

기를 쓰고 장만한
자신만의 옷은
그처럼 그들을 돋보이게 하지 못한다

그날 하루

녹색이 짙은 여름 산에 갔다
바람이 빛으로 바뀌는
숲의 길이
산도產道처럼 좁았다

허공에 뿌리로 닿은
높은 나뭇가지를 타고
햇빛이 흥건히 흘러내렸다
숲에는 아직도
겨울의 기억이 남아 있었고
꽃 핀 시간들이
가장 멀게 느껴졌다

나무 꼭대기에서 하늘이
찰랑대는 것을 올려다보고 있을 때
사진 한 장이 능선을 넘어
내게로 날아왔다
도심 속 솟구치는 폭포수
네 아이들의 발긋한 입속으로

깔깔대며 물길이
휘어 들어가는

그날 하루
나의 길이
관성을 벗어났다

옆자리

옆자리 중년 여자가
갑자기 울었다
막 전화를 받은 뒤였다
꽃무늬 손수건을 쥔 손에
힘줄이 솟고
반지를 꼈던 흔적이 남은
손가락이 떨렸다

그때부터 계속 전화벨이 울렸다
여자는 막 죽은 듯한 사람과
그의 주변 사람들과
잘 지내지 못했다
골라 받는 전화에서도
종주먹이 날아왔다

기차가 여러 번 멈추고
객실이 비어갔다
수많은 꽃나무가 지나가고
강이 계속 굽이를 돌았다

새들이 여러 방향에서 나타나
가던 방향으로 날아갔다
해는 이 산 저 산으로 기울었다

자리를 옮기려고 할 때
우리의 눈이 마주쳤다
모욕감으로 팽창한 두 눈이
허둥대다 창밖을 내다봤다

그만한 일은 세상에 널렸다는 듯
무덤덤한 표정으로 나는
엉덩이를 의자에 다시 내려놓고
종착역까지 갔다

독毒

딱딱한 등껍질에 화려한 무늬
곤충 한 마리 마당에서 버둥대고 있다

등껍질 밖으로 삐져나온 날개
쉼 없이 허공에서 빼내는 다리
카프카의 곤충을 생각하며
바로 뒤집어준다

우편물을 받다 보니
녀석은 또 뒤집혀 있다
눈에 띄게 느려진 발놀림
힘 빠진 눈에 담겼을 공포
측은해 얼른 다시 뒤집어준다

저녁 무렵 녀석은 또
수돗가에 뒤집혀 있다
뒤집히지 않는 세상에 굴복 않겠다는 듯
짧은 생의 역설이라는 듯

미심쩍은 마음에 다시 뒤집어주자

아예 눈앞에서

몸을 발랑 뒤집어버린다

옆에 왔던 개미가

혼비백산 달아난다

반 다발

꽃 한 다발을 사서
친구와 나눴다
오래도록 꽃이 없던
화병이 놓인
방이 활짝 밝아졌다

너, 아직도 꽃을 사는구나
언니가 말했다
이 꽃 누가 줬어?
대접받고 사는 친구가 말했다
넌 살 만한가 보다
일이 꼬인 친구가 말했다

드물게 지갑을 열어 꽃을 사는 나는
앞다퉈 피운 욕망의
뿌리가 잘린
꽃송이들을 보고 있다

반 다발의

뿌리 없는 꽃들
초연하다

어느 새벽 처음으로

이른 새벽 잠에서 깼다
불안하게 눈을 뜨던
여느 때와 달랐다
내 마음이 어둠 속에
죽순처럼 솟아 있었다

머리맡엔 종이와 펜
지난밤 먹으려다 잊은 맑은 미역국
어둠을 더듬느라
지문 남긴 안경과
다시는 안 입을 것처럼
개켜놓은 옷
방전된 전화기

내 방으로
밀려온 그림자
창밖 그림자
한 방향을 가리켰다

밤새 눌려 있던

머리카락이 부풀고

까슬까슬하던 혀가 촉촉했다

흰 종이에다

떨며 썼다

어느 새벽 처음으로……

비밀을 나눈 뒤

비밀을 나누면
믿지 못할 자가 된다

혀가 근질거려
무덤으로 가지고 갈 수 없는 비밀
화농 같은 비밀
살짝 암시만 하려다
도취되어버린 비밀

귀를 막을 사이도 없이
생의 첫 숨결처럼
토해버리는
모든 비밀은 지고지순하다

눈빛, 운명, 불빛……
목걸이, 가방, 피, 출입문……

혁명군 같은 너의 꼬리를
누가 밟으면

너는 총구를 내게 겨눌 것이다

비밀을 나누고 싶으면
한때 비밀이었던 것에 대해 말하라
그러면 우리는
무덤까지 같이 갈 수 있다

그날 밤 우리가

　그날 밤 우리가 2층 카페에 있을 때 시집을 팔려고 한 남자가 들어왔다. 직접 쑨 메밀묵이나 밤새 빚은 찹쌀떡처럼 가방 가득 넣어 나온 시집을 사면 자필 서명해주겠다는 그의 얼굴이 표지 한복판에서 환하게 웃었다. 직접 본 그의 얼굴빛은 누렜고, 주름에 든 어둠이 말할 때마다 자벌레처럼 뒤집혔다. 우리는 입을 꾹 다물었고, 그는 사라졌다. 잠시 뒤 창밖으로 거리를 오가는 그가 보였다. 시를 쓰는 우리가 조금 전 서로의 침묵에 대해 이야기할 때 팔지 못할 그의 시집이 창밖에서 둥둥 떠다니고 있었다. 우리는시를쓰는현대인시집을팔려고하는미개인시에젊음을바친바보아직도멈추지못하는루저얼간이맹추……
　같이 있던 화가가 벌떡 일어났다. 그가 허둥지둥 지갑을 찾아 들고 물에 빠진 아이를 구하려는 어미처럼 뛰어나갔다.

발자국 위로 걷기

눈이 길을 지워버렸다
길의 흔적도 지워버렸다

폭설에 부러진 나뭇가지처럼
나는 멈춰 섰다

눈을 인 나무들이
허공에 박혀 있다
톱날로 하늘을 썰어대는 눈발
모두 넘어뜨리려는 듯
발목을 감는 바람

누구인가
멈추지 않고 이 길을
걸어간 자는

흐릿한 그의 발자국 안에
놓는 내 발자국들
산란기의 연어 떼 같다

내가 나를 속였다

내가 나를 속였다

속이지 않고는
솟구칠 수 없었다

단봉낙타처럼 가는
사람들의 능선
내려다보면 아름다웠다

몸을 바닥으로 끌어 내리던
그림자의 소용돌이
허공에만 있던 오아시스
고요했던 슬픔

돌아보면 나를 살아 있게 한 것들
절묘한 속임수

속이지 않고는
벗어날 수 없었다

무지개를 세울

깊고 아름다운 샘도

그때의 나를 끌어 내리지 못했다

그 전에

저 여자가 거짓으로 웃기 전
웃을 수 있는 일이 생겨나기를!

얇은 벽 같은 몸
흔들거리는 저 여자
이해했노라 용서했노라
마음에도 없는 말을 내뱉기 전
폭삭 고꾸라져버리기 전

벌 떼같이 뭉친 그림자로부터
불길한 소리 올라온다

인내로 굳어 있던 혀가
용암처럼 녹기 전
자글자글 끓는 맹독이
은밀한 곳으로 스며들기 전
그 전에

두 손으로 하늘을 부르며

허리가 꺾여 허우적대는

늪이 증발해버린 것처럼

쨍하게!

길을 바꾼 꽃

나팔꽃 한 포기가 길을 바꿨다
나팔꽃을 따라 내 길도 바뀌었다
언덕 아래 카페로 가던 길을 버리고
언덕을 올라간다

나팔꽃은 하룻밤 사이에
서너 장의 잎을 틔우기도 했다
비릿한 줄기에다 축축한 핏덩이
꽃도 피웠다

넝쿨이 빠져나온 좁은 구멍에다
눈을 갖다 대면
공사장 용접 불꽃이 눈앞까지 튀었다
나팔꽃이 벽 너머로 옮겨 가던 건
뿌리였을까 꽃이었을까
뿌리와 꽃을 잇는 터널이었을까

이 아침 갑자기
그 나팔꽃이 사라졌다

푸른 잎 몇 장만 길 위에 흩어져 있다

능욕당한 것처럼
나는 멍하니 서서

유쾌한 반전

빈집이 많아 떨며 다니던 골목
이젠 통덫을 들고 다닌다
가방이 아닌 덫을 든 것은
길고양이 때문
우리 집 지붕에서
새끼를 낳은 어미 때문

나는 그 어미 고양이를 쫓기 위해
안간힘을 썼다
물을 뿌리고 노려보고 고함치고 막대기를 휘두르고
메다꽂을 기세로 지붕에도 올라갔다
밟고 다닌 지붕에선 빗물이 새고

네 달 만에 다섯
여섯 달 만에 아홉
빠른 번식에 혼비백산했다
중성화 수술만이 옳은 해결책이라며
동물보호단체에서 주고 간 통덫
마스터키처럼 집어 들었다

올무에 걸린 고양이를 구해냈고
독살당한 고양이의 어린 새끼들도 구했다
씨앗을 퍼뜨릴 녀석들은 잡아
씨주머니 탈탈 털어버렸다

행인이 없는 막다른 골목
대문 앞에는 탁자를 내놓았다
탁자 위엔 컴퓨터도 놓았다
경희궁 위로 솟은 나무들을 보며
음악도 듣고 차도 마신다
전화도 골라 받을 수 있는
골목이 꽃길처럼 밝다

나무가 없었다면, 내가 없었다면

나무가 잎을 버리지 않았다면
나는 끝내 몰랐겠다
저기 있는 새집들

어린것들이 우러러보는 것이
발 디딜 곳 없는 허공이란 것도

작은 틈 하나 없이
햇빛이 수위를 조절하던
숲에 노을이 번진다

어둠이 들고양이처럼
새집을 향해 올라간다

도원을 찾아가다

나의 그림자가 먼저
그곳으로 들어갔다
나무들이 앞을 틔워주자
뻣뻣하던 그림자가
하늘대기 시작했다

서로 맞닿은 꽃들은 쏠림이 심했고
같은 하늘에서 얻은 향기를
다른 곳으로 흘려보냈다

꽃에는 어떤 군더더기도
붙어 있지 않았다
나무는 겨울의 기억을
더듬으며 부풀었다

세상이 발그레한 입술을
내게 갖다 댔다

겨울 산속

동공 같은 너의 그림자가
길 밖의 길을 찾는다

너의 두 발이
낙엽 속에 묻히고
너로 인해 낙엽 속 길이
늑골처럼 드러난다

너로 인해
고집스러운 길의 경계가
허물어지고
사라진다
뿌리의 욕망도 한풀 꺾여
한껏 뻗었던 가지의 퇴색한 잎을
우수수 내려놓는다

앙상한 나뭇가지가
뒤따라가는 내 얼굴을 때린다
산속으로 가져온 것이

너무 많다고
다 내려두고 가보라고

오감을 지닌

전철 안 여자의 눈이 빨갛다
재빨리 눈물을 닦고
마지막으로 운 것처럼 있다가
속수무책 다시 눈물을 쏟는다

눈물은 여자를 넘쳐
세상 밖으로 나온다
그 순간의 슬픔보다도
멈추지 않는 눈물 때문에 당황한
갸름한 얼굴을 더듬으며

꾀바른 사람들은
실연당한 거라고 소곤댄다
남자인지 여자인지 모를 애매한 목소리는
기뻐도 눈물이 난다고 말한다

여자에게서 나무 향이 난다
서 있는 나무에서는
맡을 수 없는

막 베어져 넘어진 나무가
내뿜는 향기

시신경 같은 눈물을
턱에 달고 여자가
문을 향해 선다

태동

태반 같은 구름이 떠 있다

구름을 찌른 손가락 끝에서
양수가 터진다

온몸으로 덮어쓰는
뜨끈한 핏물

굳은 땅의 기포가 터진다
숫구멍이 열린다

꽃의 기억

잘라내고 싶었던 가지에서
꽃이 피었다

몰아치던 바람도
굽은 데를 펴주지 못했다
꽃잎처럼 차곡차곡
접어주지도 못했다

어둠이 박쥐처럼
매달려 있던

기억의 경사면을
꽃송이들이 달려왔다

모서리 빛

높고 맑은 목소리로
부르는 노래
곧 헐릴 집들의 뼈대가
삐걱대는 순간의
생일 축하

구근 같은 기억을 되살리는
마른 나뭇잎들
귀에 익은 발소리로
골목을 구른다

노래는 빗물이 새는 지붕을 넘어
허물어지는 담을 넘어
가난한 이웃들을 몰아낸
곰팡이 군락을 넘어
탄생과 소멸을 한곳에서 이룰
오래된 집들을 넘어

한 번은 아쉬워

다시
또다시

소멸의 모서리에
탄생의 순간 같은
힘이 쏠린다

문 앞에서

기억을 되짚으며
바람이 분다
땅에 코를 박고 썩던 나뭇잎들
지붕 위를 난다
닫힌 문을 밀고 때리며
썩은 낙엽들 열쇠처럼 헛돈다
새순을 틔운 나무 한 그루
눈높이에서
아홉 폭 치마처럼 들썩거린다

되돌아온 그는
덩굴손처럼
닫힌 문을 짚고 있다

절망 같은 희망

날마다
삶에 소스라치며 눈을 뜬다
눈앞에 모래 언덕이 와 있다

몸을 일으키면
모래가
몸속으로 사라진다

물살

여자에겐 모든 사람이
운 좋은 사람이다
남의 운을 확신하는 여자의 푸념은
날마다 계속된다
내 행운까지 확신하며 여자는
거침없이 우리 집 마당으로 들어선다

말릴 사이도 없이 쏟아낸 사연을
들어준 것이 잘못이었다
가장 많이 가르친 아들이 첫 해외여행에서 죽었을 때
숯이 되어가는 속을 들여다본 것도 잘못이었다
폐지를 주워 모은 돈을 쓸어가는 아들을 보고
분개한 것도 잘못이었다

여자는 한밤중에도 기세 좋게
우리 집 대문을 두드린다
나는 없는 듯 숨죽이고
여자가 모르는 방 한 칸을 꿈꾼다

확신의 물살을 타고 내가
이 골목에서 멈춰버린 것처럼
여자가 탔던 확신의 물살도
이 골목에서 멈춰버렸다

우리는 여기서
한 걸음도 나아갈 수가 없다

두 그림자

누워 있다
큰 소나무
새도 앉지 못했을
높은 나뭇가지
꺾였다
풍성했던 그늘
오그라들었다

아파트오륙층높이로서있던나무
지하주차장환기구앞에서시름깊어보이던나무
온전한땅의깊이가그리웠을나무
뽑아낸웅덩이엔뇌파같은뿌리

뿌리 뽑히지 않는 내 어둠이
한 나뭇가지에
새집처럼 얹혀 있다

금빛 어둠

사방에서 들리는
가쁜 숨소리

펄럭댄다
어둠의 지문 같은
그림자들

뒤꿈치를 들고 걸어간 발자국들
무거운 삶의
뿌리까지
암흑까지
들어 올리려고

어둠의 눈앞에서
금빛 테를 두른
어둠이 솟는다

새순처럼

한 삽 한 삽 몸을 덮는
어둠에 눌려
잠이 들었다
꿈에서 누가
내 머리카락을 밟고 서 있었다
서늘한 그 느낌이
삶이라고 생각될 때

머리맡에서 문이
열리는 소리 들렸다

간밤의 퇴적물을
코르크 마개처럼 밀어내며
누군가 막다른 골목을 걸어 나갔다

다시 문 여는 소리
어둠을 휘젓는 손
반들반들 윤이 나는 구두코

퇴적층 위로
나도 몸을 일으켰다

봄

바람이 후벼대던 곳이 열린다

거기 닿았던
빛이 물컹하다

한번 존재감이 흔들린 것은
평생 바라보던 것을
쉽게 외면한다

헛디딘 발 아래서
향기가 올라온다

꽃의 눈물

밤새 염도가 높아진
물방울이
촛농처럼 떨어진다

친구 엄마

모르는 전화번호가 창에 떴다
친구 엄마였다

뚫을 듯이 하늘을
노려볼 때였다

그분이 차려준 밥을 먹은 적이 있다
나는 풋풋했고
늙었다고 느꼈던 그분도 젊던 시절
정갈한 음식이 알맞은 온도로 식어가는
둥근 밥상 앞에 앉아
밥을 먹을 때에도 나는
어딘가를 노려보고 있었다

하늘이 내 어깨를 물고
놓지 않는다는 기분이 들 때
전화를 받았다
꿈에서 나를 봤다며
안부를 물었다

따뜻한 빛이
가뭄의 빗줄기처럼
쏟아졌다

한 가족

곧 헐릴 집들의
불빛이 흘러나오는 언덕길
한 가족이 올라간다
두 아이가 엄마 손을 나눠 잡았다
공터엔 달맞이꽃을 감은 인동초
문짝 없는 냉장고
터줏대감처럼 앉은 호박
아이들의 책가방을 그러쥔 아빠가 쳐다보는
하늘에서 젖소 무늬 고양이 뛰어내린다
그 옆 베고니아 꽃대가 휘청거린다
점점 곧추서는 길에다
흐릿한 발자국을
씨앗처럼 넣으며 가는 그들의
그림자의 음영이 다르다

입속 돌멩이

여자의 뺨이 닭 볏처럼 출렁인다
헛것을 물고 있는 입
응어리가 수축과 이완으로
뜨거워진다

헛것은 강하다
한달음에 지구를 돈다
작고 초라한 몸의
안쪽에 핵核을 묻어두고

울퉁불퉁한 모서리를
빨판 같은 혀로 누르고
한 점을 겨눈다

위용을 드러낼 때가 되었다

장엄하다
방광에 모아둔 오줌처럼
참을 수 없어 튀어나오는

어둠의 자락

동틀 때가 먼 새벽
인왕산 자락길
사람들이 걸어 다닌다

놀랍다
어둠 속에서도
행복해 보이는 사람

나이 들수록 나는
걸음이 빨라졌다
피해 갈 수 없는 일들을
얼른 해치워버리는 동안
걸음이 빨라졌다
목표는 죽음을 광속으로
치러내는 것

나는 어둠이
물 같은 거라고 생각했다
시원하게 몸 밖으로

배설할 수 있다고 믿었다
그래서 탐닉할 수 있었던 어둠이
나를 묻어버리려고
불순해지고 있다

어둠을 탐닉했던
내게도 수많은 새벽이 있었다
놀랍다

이별을 피했다

그를 잃을 수도 있다고
생각하지 못했다
창백한 그의 얼굴에다
표정 없는 그림자를 내려놓으며
숨결을 확인할 때도
이별을 생각하지 않았다

달관한 듯 조용하던 그는
무엇을 예감했던 것일까
눈을 감고 울었다

어느 날엔 옆 병상에서
막 어머니를 잃은 자식들이
서로를 탓하며 뒤엉켜 싸웠다
그 소란 속에서도 그는 반듯이 누워
뭔가를 기다리고 있었다

그날은, 하루 종일 맑았다
느닷없이 마른하늘에 돌풍이 지나갈 때

그는 눈을 번쩍 뜨고
먼지 알갱이들이 황금빛으로 날고 있는
세상을 빤히 바라봤다
아슬아슬한 곳에서
가까스로 중심을 잡은 듯한 표정으로

그는
강렬한 두 눈에 담긴 것을
시트 위에 내려놓았다
세상이 잿더미처럼 적막했다

어떤 감촉

누가 자고 있는 나의
팔을 잡아당긴다
문은 잠겨 있고 열리는 소리도 없었다
발소리도 듣지 못했다

그가 팔을 내려놓고
머리 밑으로 손을 넣는다
손끝이 목덜미에
메아리처럼 닿는다

머리가 들릴 때
까슬까슬한 옷자락이 얼굴에서 끌린다
숨결이 이마에서 맥박처럼 뛴다

언젠가도 이런 때가 있었다
나는 점점 깊은 잠 속으로
몸을 구부리고 있었다
어둠의 축축한 혓바닥이
얼굴을 핥고 있었다

그때도
머리맡에서 누군가가
내 이름을 불렀다
어둠의 아가리로 들어가는
나를 잡아당기면서

환한 나무 꼭대기

숲은 다 아는 듯하다

바짝 마른 한해살이풀
더 살아야 하는 상록수
마지막 잎을 매단 나무
사방팔방에서 오는 바람을 받아들인다

깊은 곳에는 못 닿는 바람
인간의 마을로 내닫는다

빛바랜 나뭇잎들이 덮고 있는
애장터 옆 나무들
해탈한 듯 깨끗하다

허리로 차오르는 어둠을
내려다보고 있는 나무들의
꼭대기가 환하다

푸른 연못

세상이
하늘의 소실점에 닿아 있다
소멸되는 것들
아지랑이로
소실점을 빠져나온다

어디서 오는지 모르는 메아리
바닥에 닿아 기포로 뜬다
몇 날 며칠 흔들리는 수면에선
하늘의 실뿌리가 끌리고

소금쟁이들
나의 부력으로
몸이 가볍다

나는 풀어진 자루처럼 열려
세상을 본다

봄 탄성

어두울 때 산으로 들어갔다
산속은
생각보다 포근했다
별빛도 달빛도 흐릿했지만
바람은 멍울져 있었지만
다 뜻이 있는 듯했다

어둠 속에서
귀가 밝아졌다
내 심장 뛰는 소리가
그리운 이의 옷자락처럼
내 마음을 흔들었다

그러나 귀를 곤두세우면
바람 소리
검은 산봉우리의
낮은 중얼거림

야윈 동물의 등뼈 같은

나뭇가지마다
육감적인 입술 솟아올랐다

말문이 터지자
세상이 환각처럼 빛났다

구름 위의 길

흐린 생각을 벗어나자
햇빛이 쏟아졌다
멈춰 두리번거리는 곳에서
하늘의 혈맥이 뛰었다
섬 없이 바람이 솟구쳐 오르는
환한 허공
자디잔 꽃송이들의
옹알이 같은 달큰함

도심 속 마애불

교복 입은 학생들이 몰려왔다
옷자락에 묻은 햇빛이
면도날처럼 어룽댔다
말들이 뒤엉키며
내몰리던 아이의 어깨를
한 학생이 잡아챘다
그는 돌려세워졌다
욕설이 그의 얼굴로 날아갔다
주먹이 눈앞에서
가까스로 멈췄다
제자리로 돌아가지 않는
주먹이 부르르 떨었다

혼자 남은 아이가
사직단 담장 아래 가 섰다
혀를 차던 사람들은 사라졌다

핏기 없는 얼굴이
싸늘한 돌담에
돋을새김되고 있었다

오래 남는 의미

오래 기억되고 싶은 말
더 살아남고 싶은 몸뚱이

본능이
독침처럼 들린다

날아올라 날아올라
허공을 움켜쥔다

입천장에 쩍쩍 붙는
뜨거운 모래의 유전자를 가진
말들

쌓이고 얼고
빙판을 만든다
녹아 진창이 된다
몸뚱이를 집어삼킬
늪을 꿈꾼다

너무 늦었다

스물이 될 때도 서른이 될 때도
마흔이 될 때도 쉰이 될 때도
나이 드는 것이 힘들지 않았다
스물 되기 전 서른 되기 전
마흔 되기 전 쉰 되기 전
죽을 줄 알았다
짧은 삶이 안타깝지도
초조하지도 않았다

삶이 짧아 불행에 초연할 수 있었다
굴욕에도 쓰러지지 않았다

백혈구 수치가 바닥을 치고
치료약이 없다는 병이 하나 더 늘어도
삶은 밀려온다

다시 피는 꽃들의
비명이 들린다

빛에 닿은 어둠처럼

나는 오래
경계에서 살았다

나는 가해자였고
피해자였고
살아간다고 믿었을 땐
죽어가고 있었고
죽었다고 느꼈을 땐
죽지도 못했다

사막이었고 신기루였고
대못에 닿는 방전된 전류였다

이명이 나를 숨 쉬게 했다
환청이 나를 살렸다

아직도
작두날 같은 경계에 있다

벼랑과 경계의 시

오생근
(문학평론가)

1.

조은의 다섯번째 시집 『옆 발자국』이전에 나온 시집
들의 제목들만을 놓고 보면, 두번째 시집 『무덤을 맴도
는 이유』(문학과지성사, 1996)와 네번째 시집 『생의 빛
살』(문학과지성사, 2010)은 매우 대조적이다. '무덤을 맴
도는 이유'가 죽음의 강박관념에서 벗어나지 못하는 시
인의 자기 성찰을 의미한다면, '생의 빛살'은 어둠과 고
통의 세계에서 희망처럼 발견한 어떤 생명의 빛을 짐작
게 한다. 그러나 「생의 빛살」이라는 표제시는 단순히 빛
과 희망을 노래했다기보다 "무리에서 혼자 떨어져/몸이
옹관처럼 굳어가는 것 같은" 외로움 속에서 우연히 "생

의 빛살에 관통당한" 듯한 순간의 경험을 진술할 뿐이다. 표제시뿐 아니라 이 시집의 다른 시들에서도 빛과 희망보다는 어둠과 절망, 고통과 슬픔의 어휘나 이미지들이 적지 않게 발견된다. "이렇게 살다가 내 삶이 끝나겠구나,/하는 절망이/이렇게 살면서도 내 삶이 끝나지 않겠구나,/하는 절망과 만난다"(「독서대」)거나 "나는 태어나자마자 절망했다!"(「흙의 절망」)에서 드러나듯이 그에게 삶은 절망의 연속이다. 시인이 지속적으로 삶의 절망과 죽음을 끊임없이 의식하는 이유는 무엇일까? 「무덤을 맴도는 이유」에서 이 의문의 해답이나 추론의 실마리를 찾을 수 있을지 모른다는 생각이 들어 시를 자세히 들여다보았지만 의문은 쉽게 풀리지 않았다. 다만 무덤 가까이 있을 때 "나를 살게 하는 것들이/무덤처럼 형체를 갖는"다는 표현에서 무덤이 죽음의 유혹을 불러일으키는 것이 아니라, 그를 살게 하는 원동력이라는 것을 짐작할 수 있을 뿐이었다. 조은은 시가 아닌 산문을 통해서 그 이유를 이렇게 고백한다.

어릴 때부터 나는 삶보다는 죽음에 대해 더 많이 생각했다. 공원을 찾아가듯 무덤을 찾아가며 보낸 한 시절도 있다. 내가 무덤이라는 양식을 좋아하고 자주 찾아가는 것은 죽음을 통해야만 얻는 삶, 더 농도 짙은 삶을 원하기 때문이다. 이 세상을 떠난 자들에게 무덤은 죽음의 양식이지만 산 자들에게 무덤은 삶을 자극하는 형식이다.
　　　　　　　—『벼랑에서 살다』(마음산책, 2001)에서

　"삶보다는 죽음에 대해 더 많이 생각"하는 시인의 '무덤을 맴도는 이유'는 '무덤이 삶을 자극하는 형식'이기 때문이다. 다시 말해서 삶을 부정하거나 포기하고 싶기 때문에 무덤을 찾는 것이 아니라 "죽음을 통해야만 얻는 삶, 더 농도 짙은 삶을 원하기 때문"이라는 것이다. 그러니까 죽음보다 삶을 중요시하는 그의 시에서 이제 독자는 아무리 어둠과 절망, 슬픔과 공포 같은 부정적 의미의 주제를 보게 되더라도 그것이 삶을 위한 것, 좀 더 정확히 말해서 시인으로서 글을 쓰는 삶을 위한 것으로 받아들여야 한다. 인생에서 제일 의미 있고 가치 있는 것이 시를 쓰는 일이라고 생각하는 시인에게 "무덤은 삶을 자극하는 형식"일 뿐 아니라 '좋은 시를 자극하는 형식'으로 이해된다.

　　나는 늘 순도 높은 어둠을 그리워했다
　　어둠을 이기며 스스로 빛나는 것들을 동경했다
　　겹겹의 흙더미를 뚫는
　　새싹 같은 언어를 갈망했다
　　　　　　　　　　　　—「생의 빛살」 부분

죽음에 대한 생각을 '어둠'이라고 한다면, "어둠을 이기며 스스로 빛나는 것들"은 죽음을 극복한 삶의 의지와 같다. 또한 그러한 삶의 의지는 "겹겹의 흙더미를 뚫는/새싹 같은 언어"의 시를 쓰고 싶다는 욕망으로 연결된다. 그런 의미에서 조은의 시는 "순도 높은 어둠"에서 솟아오른 빛의 언어라고 할 수 있다.

2.

조은의 다섯번째 시집에서도 죽음과 어둠, 이별과 고통의 주제는 여전하지만, 그의 이전 시집들과는 다르게 자신의 내면보다 타인의 삶과 외부 풍경에 대한 묘사와 서술이 많다. 자기와의 싸움 혹은 절망의 극복으로 단련된 시인의 정신이 어느덧 모든 고통받는 이웃과 생명의 존재에 대하여 연민과 포용의 시선을 보낼 수 있게 되었기 때문일까? 「봄날의 눈사람」에서 시인은 자기와 다른 사람 혹은 다르게 보이는 사람과 자기를 이렇게 비교한다.

아주 행복해 보이는 여자가
나를 스쳐 지나갔다
걱정 하나 없는 얼굴

꿈꾸는 눈빛으로
잠든 아기를 품에 안고

여자는 턱을 조금 들고
태양을 안고
천천히 걸었다
우아하고 젊었다

만일 내가 아기를 품에 안았다면
한숨 쉬었을 것이다
아기의 미래를
바구니처럼 끌어당겨 보며
시름에 발걸음이 무거웠을 것이다
손가락 발가락을 꼼지락거리지 않는
꽃다발을 품에 안고도
막막한 슬픔을 느끼곤 했으니

실마리가 없는 걱정거리를 안고
사직동 언덕길을 오르는
내 앞에서 여자는
어제도 그런 모습으로 걷고 있었다

내겐 한순간도 없었던

꿈을 꾸는 여자가

봄날의 눈사람처럼 빛났다

                      —「봄날의 눈사람」전문

"꿈꾸는 눈빛으로" 잠든 아기를 품에 안고 "걱정 하나 없는 얼굴"로 자랑스럽게 걸어가는 "아주 행복해 보이는 여자"의 삶과 "꽃다발을 품에 안고도/막막한 슬픔을 느끼"면서 "실마리가 없는 걱정거리를 안고" 사는 '나'의 근본적인 차이는 무엇일까? 그것은 삶에 대한 낙관적인 희망과 비관적인 생각의 차이가 아니라, 꿈의 세계가 다르다는 데 있다. 인간의 죽음 혹은 인간의 유한한 존재성을 의식하는 시인의 꿈이 '새싹 같은 언어' 정도라면, 세상과 미래가 무한히 열려 있다고 생각하는 젊은이들의 꿈은 행복한 삶일 것이다. 화자는 "내겐 한순간도 없었던/꿈을 꾸는 여자가/봄날의 눈사람처럼 빛났다"고 말함으로써 자기의 어두운 내면과 그 여자의 밝은 외면을 대비시키면서, '봄날의 눈사람' 같은 삶의 유한성과 덧없는 행복의 허무함을 암시한다. 조은은 세속적 행복과 물질적 가치를 떠나서 사는 삶을 단순한 삶이라고 표현한다. 그가 산문집 『또또』(로도스, 2013)에서 썼듯이, 자신은 "팔고 가야 할 한 평의 땅도, 캡슐만 한 집도 없는" 사람이지만, "삶이 지금보다 훨씬 더 단순해져도" 두려워하지 않을 것이라고 말한다. 시인의 자존심 때문일까? 그는 자신의 삶이 아무리 가난하더라도 가난한 삶이라고 말하지 않고 단순한 삶이라고 표현하는 듯하다. 이러한 시인의 자존심은 시 「느끼든, 못 느끼든」에서 친구가 선물한 어떤 성직자 시인의 시집을 보고, 자신은 그런 식으로 삶을 예찬하는 시에 관심 없음을 드러내는 점에서도 확인된다. 이 시에서 알 수 있듯이 그가 자신의 내면 응시를 넘어서서 밖의 세계에 관심을 갖는 것이 있다면, 그것은 "부르르 떨다 내리는 주먹/불길한 월식과 일식/비틀비틀 가는 발자국/붉은 손자국이 있는 뺨" 같은 상처 입고 고통받는 이웃들의 삶이거나 불안하고 불합리한 세계이다. 이 네 개의 주제들 중에서 특히 주목되는 것은 "비틀비틀 가는 발자국"이다. '발자국'이라는 어휘는 서시 「발자국」에서는 물론이고, 「흐린 날의 귀가」 「겨울 아침」 「눈보라」 「발자국 옆 발자국」 「발자국 위로 걷기」 「금빛 어둠」 「한 가족」 등의 시에서도 빈번히 보일 뿐 아니라, 선명하고 강렬한 이미지로 표현되는 점이 매우 인상적이다. 가령 그것은 "인간도 짐승도 싫어하는 자의/얼음 같은 눈빛도/녹일/발자국"(「겨울 아침」)이거나, "벼랑 끝 길들"에서 "등짝을 후려"치는 발자국들(「눈보라」)이기도 하고, "무거운 삶의/뿌리까지/암흑까지/들어 올리려고" "뒤꿈치를 들고 걸어간 발자국들"(「금빛 어둠」)이기 때문이다. 이러한 발자국들의 연장선에서 본다면, "비틀비틀 가는 발자국"은 비틀거려도 쓰러지지는 않으려는 발자국이거나, 방황할 수는 있어도 좌절하지는 않는 의지의 발자국으로 해석될 수 있다. 그러니까 조은이 중시하는 '발자국'은 정직하고 올바르게 살아가려는 사람들의 삶의 자취일 것이다.

조은의 시에서 개인적인 고통과 슬픔의 기억들은 익명화되어 나타나거나 보편적으로 표현된다. 그는 개인적인 사연을 가능한 한 감추고, 친구나 다른 사람들의 이야기를 경청하려고 한다. 그가 다른 사람들의 힘들었던 삶의 이야기를 잘 들어주다 보니까 피해를 겪는 일도 많았을 것이다. 시인의 뛰어난 공감 능력은 삶이 지옥처럼 느껴졌던 친구가 집에 찾아와 함께 지내다가 떠난 후에도, 그 친구가 "내 집에다/어둠을 벗어 두고" 간 것처럼 표현될 정도이다.

친구가 내 집에다
어둠을 벗어 두고 갔다
[……]
사는 게 지옥이었다던
그녀의 어둠이 내 눈앞에서
뒤척인다 몸을 일으킨다
긴 팔을 활짝 편다
어둠이 두 팔로 나를 안는다

나는 몸에 닿는 어둠의

갈비뼈를 느낀다

어둠의 심장은 늑골 아래에서

내 몸이 오그라들도록

힘차게 뛴다

나는 어둠과 자웅동체처럼 붙어

어딘가를 걷는 친구의

발소리를 듣는다

—「흐린 날의 귀가」 부분

　자신의 삶이 구별되지 않을 정도로 타인의 삶과 일체
감을 갖는 일에 익숙한 시인은 친구가 벗어 두고 간 어
둠이 "자웅동체처럼 붙어" 있어서 "어둠의/갈비뼈"를 느
끼기도 하고 "어둠의 심장"이 뛰는 소리를 듣기도 한다.
　이처럼 타인의 삶과 모든 생명에 대한 시인의 관심
은 다양하게 나타난다. 「자신만의 옷」은 옷을 얻어 입거
나 빌려 입는 일에 익숙한 어떤 가족들의 이야기를 보
여주고, 「옆자리」는 기차 안에서 옆자리에 앉은 중년 여
자의 모습을, 「오감을 지닌」은 전철 안에서 끊임없이 눈
물을 흘리는 여자에게 마치 "막 베어져 넘어진 나무가/
내뿜는 향기"를 느낀 체험을 이야기한다. 또한 「한 시간
지나도록」은 화자가 가난한 동네에서 주은 돈을 주인에

게 돌려주기 위해서 기다리는 동안의 생각과 상상을 보여주고, 「독毒」은 마당에서 한 마리 곤충이 버둥대는 것을 보면서 측은지심이 발동하여 그의 몸을 거듭 뒤집어주던 경험을 말한다.

시인은 이렇게 타인에 대한 관심뿐 아니라, "나팔꽃 한 포기"(「길을 바꾼 꽃」) 때문에 가던 길을 바꾸는 삶의 여유를 보이기도 하고, "빈집이 많아 떨며 다니던 골목" 길에서 나무들을 보며 음악도 듣고 차도 마시면서 "골목이 꽃길처럼 밝"(「유쾌한 반전」)은 것을 느끼기도 하고, 어느 봄날에 찾아간 숲에서는 "세상이 발그레한 입술을"(「도원을 찾아가다」) 내미는 듯한 감미로운 기쁨에 젖기도 한다.

높고 맑은 목소리로
부르는 노래
곧 헐릴 집들의 뼈대가
삐걱대는 순간의
생일 축하

구근 같은 기억을 되살리는
마른 나뭇잎들
귀에 익은 발소리로
골목을 구른다

노래는 빗물이 새는 지붕을 넘어

허물어지는 담을 넘어

가난한 이웃들을 몰아낸

곰팡이 군락을 넘어

탄생과 소멸을 한곳에서 이룰

오래된 집들을 넘어

한 번은 아쉬워

다시

또다시

소멸의 모서리에

탄생의 순간 같은

힘이 쏠린다

— 「모서리 빛」 전문

　이 시는 "곧 헐릴 집들의 뼈대가" 앙상하게 드러나는
듯한 남루한 동네가 "높고 맑은 목소리"의 "생일 축하"
로 마치 "소멸의 모서리에/탄생의 순간 같은" 생성의 기
운이 퍼져 나가는 풍경으로 아름답고 풍성하게 변모한
느낌을 준다. 그 동네의 언덕길을 올라가는 한 가족의
정겨운 모습이 따뜻하게 그려진 것도 마찬가지이다.

곧 헐릴 집들의

불빛이 흘러나오는 언덕길

한 가족이 올라간다

두 아이가 엄마 손을 나눠 잡았다

공터엔 달맞이꽃을 감은 인동초

문짝 없는 냉장고

터줏대감처럼 앉은 호박

아이들의 책가방을 그러쥔 아빠가 쳐다보는

하늘에서 젖소 무늬 고양이 뛰어내린다

그 옆 베고니아 꽃대가 휘청거린다

점점 곧추서는 길에다

흐릿한 발자국을

씨앗처럼 넣으며 가는 그들의

그림자의 음영이 다르다

─「한 가족」 전문

　단란하고 행복해 보이는 한 가족의 모습에서 무엇보
다 인상적인 것은 "점점 곧추서는 길에다/흐릿한 발자
국을/씨앗처럼 넣으며" 간다는 묘사이다. 길에다 발자
국을 씨앗 뿌리듯이 걸어가는 것이 아니라, "흐릿한 발
자국을/씨앗처럼 넣으며"라고 표현된 것에서 한 가족의
행복한 미래가 보인다. 이러한 관점은 이웃의 삶에 대한

깊은 이해와 신뢰에서 비롯되는 것이라고 말할 수 있다.

3.

스물이 될 때도 서른이 될 때도
마흔이 될 때도 쉰이 될 때도
나이 드는 것이 힘들지 않았다
스물 되기 전 서른 되기 전
마흔 되기 전 쉰 되기 전
죽을 줄 알았다
짧은 삶이 안타깝지도
초조하지도 않았다

삶이 짧아 불행에 초연할 수 있었다
굴욕에도 쓰러지지 않았다

백혈구 수치가 바닥을 치고
치료약이 없다는 병이 하나 더 늘어도
삶은 밀려온다

다시 피는 꽃들의
비명이 들린다

죽음에 대한 단순한 의식이 아니라, 죽음을 진심으로 각오하는 단계에 이르면, 사람은 어떤 불행과 절망에도 초연할 수 있다. 그러나 이 시의 화자는 단순히 죽음을 무릅쓴 결연한 삶의 의지를 말하지 않는다. 화자가 "백혈구 수치가 바닥을 치고" "치료약이 없다는" 중병에 걸린 상태에서도 삶의 희망을 잃지 않을 수 있다고 단언하는 것은 아무리 짧은 삶일지라도 후회 없이 살았다는 자신감에서 생성되는 것이다. 그러한 믿음이 단정적인 과거형으로 표현되는 반면, 거센 물결처럼 다가오는 삶과 다시 피는 생명의 꽃들이 비명을 지르는 모습을 현재형으로 표현한 것은 전후 관계를 의미하는 시간성의 표현을 통해 논리적인 인과 관계를 나타낸다.

나는 오래
경계에서 살았다

나는 가해자였고
피해자였고
살아간다고 믿었을 땐
죽어가고 있었고
죽었다고 느꼈을 땐

죽지도 못했다

사막이었고 신기루였고
대못에 닿는 방전된 전류였다

이명이 나를 숨 쉬게 했다
환청이 나를 살렸다

아직도
작두날 같은 경계에 있다

—「빛에 닿은 어둠처럼」 전문

"나는 오래/경계에서 살았다"로 시작하여 "아직도/작
두날 같은 경계에 있다"로 끝나는 이 강렬한 시의 주제
는 오랜 시간, 삶과 죽음의 경계에서 긴장된 삶을 살아
온 시인의 평생의 화두처럼 보인다. 조은은 첫 시집『사
랑의 위력으로』(민음사, 1991; 개정판『땅은 주검을 호락
호락 받아주지 않는다』, 민음사, 2007)의 서시「지금은 비
가……」에서 "벼랑에서 만나자. 부디 그곳에서 웃어 주
고 악수도 벼랑에서 목숨처럼 해 다오"라고 뜨겁게 노
래한 바 있다. 이 절박한 벼랑의 이미지는 위의 시에서
"작두날 같은 경계"와 일치한다. 사실 "벼랑"과 "작두날
같은 경계"는 그의 세번째 시집 제목인 "따뜻한 흙"의

이미지와 얼마나 대립적인가. 표제시 「따뜻한 흙」의 화자는 제목이 환기시키는 생산적 모성의 이미지와는 달리, "잉태의 기억도 생산의 기억도" 갖고 있지 않다고 냉정하게 말한다. 이와 비슷하게 「빛에 닿은 어둠처럼」의 화자는 "아직도/작두날 같은 경계"에서 삶과 죽음의 긴장된 모순을 견디고 있음을 비장하게 노래하는 것이다. 그러나 조은은 모순의 경계를 살면서도 경계를 위반하거나 초월하는 모순을 감행하지도 않고, 위험한 벼랑에서 뛰어내리거나 미끄러지지도 않는다. 그는 가능한 한 모순을 견딜 수 있을 때까지 견디고, 캄캄한 어둠속에서 빛의 출구를 찾으려고 할 뿐이다. 그의 이러한 모습은 그가 오래전에 쓴 다음과 같은 시론을 떠오르게 한다.

시는 옷도 희망도 미래도, 심지어 한 끼 식사분의 육체적 포만감도 주지 않지만 세상에 대한 무관심으로 편안해지려는 우리의 눈에 광채를 주었다. 그것은 우리가 젊었기 때문에 가능했을까? 간혹 길을 가다가 맹인들을 만난다. 그들의 의식은 지팡이 끝에 모여 있고, 걸음은 신중함에 비해 불안하다. 그들이 대중교통을 이용하면 더욱 암담해 보인다. 늦은 밤거리에서 무방비 상태로 보이는 그들이 언제 집에 닿아 밥상 앞에 앉을 수 있을까 생각하면 그들의 삶은 더딘 것이 아니라 정체되어 있는 듯한 절망

감마저 든다. 목적지가 아닌 당장 가고 있는 그 길이 실
존 그 자체인 그들을 뒤따라가는 내 걸음도 어느 틈에 더
뎌지고 있음을 깨닫는다. 그들의 행보에 맞춰 천천히 걸
으며 눈으로 보고 사는 삶보다 심연에 몸을 담고 사는 삶
이 더 깊고 풍성하리라 굳게 믿곤 한다. 지금 우리가, 여
기서 시를 쓴다는 것은, 그들과 같은 방법으로 이 세상을
살아가는 것이다.

— 『벼랑에서 살다』에서

시를 쓰는 행위와 시인으로 살아간다는 것을 맹인의
삶에 비유한 이 시론은 루카치의 『소설의 이론』에 나오
는 유명한 구절을 연상시킨다. "별이 빛나는 창공을 보
며, 갈 수 있고 또 가야만 하는 길의 지도를 읽을 수 있
던 시대는 얼마나 행복했던가. 별빛이 그 길을 환하게
밝혀주던 시대는 얼마나 행복했던가." 루카치의 말처
럼, 공동체적 삶의 가치와 목표를 상실하고 저마다 자신
의 길을 찾아 나설 수밖에 없는 근대인의 삶과 세계에
서 시인 역시 정처 없이 표류하고 방황하는 삶을 살 수
밖에 없다. 이제 시인은 더 이상 선지자도 아니고, 예언
자도 아니다. 그는 기껏해야 이웃들과 더불어 그들의 기
쁨과 아픔에 공감하면서 살아갈 수밖에 없다. 그러나 조
은은 보통 사람들이 "세상에 대한 무관심으로 편안"하
게 살더라도, 시인은 늘 깨어 있어야 하고 그들의 어두

운 "눈에 광채"를 주어야 한다고 생각한다. 조은은 시인을 어둠 속에서 지팡이를 짚고 위태롭게 걸어가는 맹인에 비유하면서도 그렇게 불안하고 위태로운 삶이 건강한 보통 사람들의 "눈으로 보고 사는 삶"보다 "더 깊고 풍성하리라"는 믿음을 갖는다. 이러한 믿음을 견지하고 시인으로서의 자존심을 지키는 일은 그에게 모든 가치관이 무너진 이 비속한 세계에서 그를 버티고 살아가게 하는 힘이라고 말할 수 있다. 그러므로 벼랑과 경계의 글쓰기는 그 어떤 관성이나 타성 혹은 무의미한 반복을 벗어난 시, 삶의 끝이 죽음과 맞물려 있다고 의식하면서도 결국은 죽음이 아닌 삶의 방향으로 나아가는 발걸음 혹은 발자국의 시 쓰기이다. ▨